도서출판
작가마을

빛, SNS를 전송하다

초판인쇄 | 2020년 7월 10일
초판발행 | 2020년 7월 20일

지 은 이 | 김새록
편집주간 | 배재경
펴 낸 이 | 배재도
펴 낸 곳 | 도서출판 작가마을
등 록 | 2002년 8월 29일제 2002-000012호
주 소 | 부산광역시 중구 대청로 141번길 15-1 대륙빌딩 301호
T. 051248-4145, 2598 F. 051248-0723 E. seepoet@hanmail.net

ISBN 979-11-5606-151-9 03810 정가 10,000원

※ 이 도서의 국립중앙도서관 출판예정도서목록CIP은 서지정보유통지원시스템 홈페이지 (http://seoji.nl.go.kr)와 국가자료공동목록시스템(http://www.nl.go.kr/kolisnet)에서 이용하실 수 있습니다. (CIP제어번호 : CIP2020029100)

※ 본 도서는 2020년 부산광역시, 부산문화재단 지역문화예술특성화지원 '부산문화예술지원사업'으로 지원을 받았습니다.

김새록 시집

자서

너는,

바람 잘 날 없는

장미꽃이다

다가서면 가시를 세운

푸른 눈짓

손을 뻗어 잡히지 않는

지느러미를 빼는 약삭빠른

몸놀림은 언제나 눈부시다

詩여,

하늘을 걸어라

이천이십 년 여름

雪香 김새록

· 차례

2부

3부

4부

빛, SNS를 전송하다

김새록 시집

제1부

꽃피는 한때

두루마리 화장지를 풀고 있을 때
옷깃이 흔들리는 소리
꽃잎이 피는 소리
먼 산꼭대기의 구름이 지나가는 소리
돌돌 말린 두루마리 화장지 속에
잠긴 이야기를 풀어내는 소리가 있다

베란다 화분 앞에 앉는다
꽃이 말하는 소리는 꽃 속에 있다
나는 꽃 속으로 들어가 뒷마당에 뜬 초승달을 본다
시간이 지나가는 창밖에 바람 소리를 듣는다
아직 눈뜨지 못한 소리도 있다
나는 그것을 들으려 꽃잎을 연다

기억은 가물가물한 아지랑이 같다
아련하다고 말한다
담양 대나무 숲에서 들리는 바람 소리 같다
가슴을 흔드는
가장 깊은 울림이 있다

냉장고를 열며 1

조금 더 깊은 동해와
갯벌에서 건져 올린 서해와
남해의 물빛도 보인다

때로는 그것도 아닌
산울림 같은 아득한 전설 같은
개울 물소리도 아닌
도란거리는 소리로 서로 몸 기댄
저녁 무렵 송아지 울음소리 같은
해지는 소리도 보인다

보이는 소리에 귀 기울이는
옥수수 잎 서걱거리는
바람 소리도 보인다

그 소리의 그림자를
저녁 식탁에 가만 올려놓는다

일모

바람이 떨어뜨리고 간 햇살 위로
은빛꽃잎이 머리를 쳐든다
넝쿨진 손을 거머쥐고 가을걷이 하는 다람쥐들
여름을 견뎌낸 양식을 걷어 올리며
젖은 땅을 헐어 곳간을 낸다
산등성이를 돌아 나가면
문득 가다서는 하늘이 더욱 푸르고
새 떼를 부르며 낙엽이 산허리에 눕는다
땅거미는 살며시 숲을 어루만지고
바람이 불 때마다
솔잎은 날쌘 팔을 흔들며 쏟아진다
땅거미는 살며시 대숲을 어루만지고
기억을 뒤척이는 낮은 마을이
안개 속에서 엎드린다
패랭이꽃이 보랏빛 꿈을 꾸는 동안
늦은 저녁이 걸어 내려간다

까치 건망증

웃비 속에 시선을 훔쳐 간 까마귀
장맛비가 주춤하자
소나무 가지를 넘나든 까치들이었다
파도를 타고 산을 넘어
사람 숲을 정탐한 소식을
안개 속에 띄우며
색동저고리 펼친다
눈이 큰 여자 아이는 사라지고
숫자를 까먹은 중년 여인이 나타나
현관문 비밀번호를 하얗게 칠하며
새벽에 눈 내리는 그림을 그려놓고
어제가 오늘이고 오늘이 내일이라며
우겨대는 소리를 읊는다
멈췄던 비가 다시 쏟아지자
까치가 흉내를 내며
동서남북을 두리번, 두리번거릴 때
까마귀 한 마리 날아간다

雨水 지나가는 소리

양지바른 곳에서 새순이 온다
그걸 마중하느라 아지랑이가 너울거린다

분홍색 꽃 모자가 보인다
징검다리를 건너오는 발자국소리
소녀 걸음걸이는 스타카토로 건반을 친다

산머리에 걸리는
저녁놀 빛 꽃망울 같은 날

강물에 뜨는 버들피리 소리에
봄은 또 치맛자락을 흔든다
잔설 녹아 흐르는 소리를 한다

빈 나뭇가지 끝에 걸린
구름 한 조각
푸른 세월을 엮는다

낙엽

불볕이 시들고
노을 울컥거리는 소리 듣는다
해는 어쩌다 노을 쪽으로 기운다
서쪽은 손을 놓고
단풍 타는 소리에 귀 기울인다
벌겋게 타는 울음을 만장에 걸었다
울음에 취한 사람들이
기우는 해를 안고 돌아온다
아늑한 추녀 끝에 조롱박 같은
꽃불을 매단다
일찍 뜬 달을 매단다
문신이 된 달도 있다
단풍나무는 서쪽으로 기울고
새 한 마리 나무에 올라앉았다
지금 울고 있는 새는
단풍나무 따라 날아갈 것이다
새의 날개를
바람이 가만가만 흔들고 있다

잃어버린 시계

보름달을 싣고 자전거가 골목에 들어선다
토끼는 아직 달에서 꿈을 꾸고 있다
정오를 알리고 땅에 심겨둔 그림 조각들이
휘파람새 날갯짓으로 잘강거린다 나는,
옹달샘 콧물을 닦던 손목으로 자운영 꽃바람을 잡고
빈 들에서 큰 눈을 껌벅거리며 울부짖는 암소를 몰고 와
계수나무 곁을 서성인다
탱자나무집 정순이가 붉은빛에 물든 그림자를 따라
네잎 클로버 꽃시계를 차고
암소가 지나간 논두렁길에서
한 몸이 되어 알람을 울린다

허수아비 가을

새털구름 지나가는 노란 들녘
노을빛이 깊다
한 겹 넝마를 걸친 파수꾼은
각설이 춤에 신명을 매단다
염소 할아버지가
막걸리 사발 걸치고
풀무치 날아와 앉은 어깨에
지친 하루는 불탄다
시선 안으로 들어온 참새는
구름 밖으로 날아간다
들판은 고요해진다
땡볕에 익은 땀방울
논바닥 가득 황금 씨알로 암호를 새긴
육자배기 한 가락이 고개를 넘고
간들바람에 너털웃음을 탄다

착각

장맛비가 주춤하자
붉은 신호등 앞에 멈췄다
버스는 파란불을 삼키며
펴져오는 햇살을 싣고 달린다

비구름을 몰아낸 건들바람이
변장한 여름과 가을 사이에 서성인다
피에로 그림이 그려진
빨간 우산을 쓰고 가던
길을 멈춰선 허수아비가
손 전화를 붉은 바바리코트에 집어넣고
쑥부쟁이가 한들거린 들바람을 타고 있다
참새들이 잔치 벌어진 들판에서
찰리채플린이 지팡이를 흔들며 반긴다
잠시,
푸른 눈빛이 가려진 각막 속에
번뜩인 촉수가 허수아비를 걷어내고
여름 한가운데 서 있다
다시 꺼내든 손 전화에서
주말부터 또, 장마전선에 든다고 한다

해안선에 펼치다

고니 한 마리 해안도로에서 날개를 접는다
불그스레한 바다를 읽으며
알람이 울리는 시간을 조율한다
날아든 철새들은 가나다라를 읊는다
글 깁는 물을 퍼 올리며
안개는 눈먼 새떼들을 밀어낸다
모래밭이 뻗어가는 해안선이 졸고
비상하는 바람의 역류를 따라
곤두박질하는 파도
모래알로 숲을 이룬다

물갈퀴 찢어진 날개 끝에서
우수수 별이 떨어지고
서리꽃 피는 먼 길을 돌아
마을은 하얗게 누워있다
노을에 스며든 발자국 하나
아직 읽지 못한 물이랑에 찢기고
둔치에 우뚝 선
포구나무가지에 낮달이 걸린다

가을밥상

비스듬하게 숟가락질한다
때로는 쌈을 싼다
막장 한 스푼 얹고
그 위에 밥 한 수저 떠올리고
추억을 돌돌 만다
가을에는 그림자도 쌈이다
무당벌레가 지나간 상춧잎을 편다
생각도 없는
텃밭은 햇살 속으로 출렁이고
엇갈리지 말자고 쌈을 싼다
기운다거나 막막하다거나
뿌리 없는 수저질을 다독거리며
내장비만 저격수 귀리는
현미와 미심쩍은 꽃을 피우고
해는 가을 산을 타고 쌈을 싼다

현해탄을 건너
—일본 속의 한민족사 기행

현해탄을 건너 남의 나라
낯선 땅에서 물레를 돌려야 했던
백제 도공의 넋을 찾으러 간다.
창천에 뜬 구름 같은 속살로 빚은
부드러운 청화백자에 담긴 눈빛
그 눈빛과 눈 맞추러 간다.
조국으로 향한 그리움에 불타오르던
가슴의 불은 그릇으로 다독다독 빚어
언감생심 누구도 따르지 못할
운두 어엿한 우주를 세웠다.
그 오롯한 발자취 향기 새기러 간다.
막사발 가장자리를 타고 흐르는 유액
그것은 눈보라였다. 문풍지를 때리는
한 겨울밤의 시린 가슴앓이였다.
오매에도 잊을 수 없는 산과 들을 향한
그리움의 표정으로 찍은 오롯한 상감
그것은 고향 돌담길에 피는
제비꽃 민들레였다

담쟁이 넝쿨이었다
그 그리움 함께 하려
현해탄을 건너간다.

집을 짓다

개미가 바지 주머니 속에서
네잎 클로버를 물고 나온다
토끼풀 심어놓고
달그림자와 술래놀이할 터
별빛이 쏟아진다
감나무밭 쪽을 주시하던 너울진 찔레꽃
낮달이 불러들이는 바람을 타고
풀꽃이 흐드러진 땅에
풀벌레가 애인을 찾아 부르는 메아리
귀 기울이며
살구나무 그늘을 지나
지렁이가 지나간 구릉을 넘고 있다
옹달샘이 있는
번지가 없는 집을 찾아 나선
찔레꽃 핀 너와집
산토끼가 꽃잎 물고 다녀간다
달빛이 땅에 쏟아져 내린다

감꽃을 먹다

도둑고양이마저 아직,
지나가지 않았던 감나무아래서
샛별이 웃고 있었지
참새소리가 멈추고
어스름이 깔리기 전까지
공기놀이로 별을 올렸다 내렸다 하며 놀았던
골목길 감나무가 밤사이
감꽃을 떨어내 길을 노랗게 메웠어
도둑고양이들마저 잠들었을까
혼자 와 있는 나는
감꽃 세상을 품에 안고
몸에 깔린 여명을 마셨어

몸에 새겨놓은
한줄기 생명수
목마른 혓바닥에 감꽃을 얹어 놓은
사라지지 않은 신기루를 따먹고 있어

돌탑

비손에 모가 닳은 돌덩이는
탑이 되어 가슴에 든다
별이 내려오길 기도 중이다
곁에 서 있는 곰솔, 밤이든 낮이든
돌돌 소리 읊어주는
폭우 속에도 알바람이 지나간다
하늘이 눈치 채고
돌탑에 내려앉아 독경 중이다
무지렁이 손이 만든
골짜기에 널브러진 돌탑은
제 발치에 진달래꽃을 키우고
곁에 뻐꾸기 울음도 세우고
먼 하늘 구름도 불러들이고
풀벌레 울음소리도 듣는 밤에
떨어지는 별이나 읊다가 혼자 잠든다

등대를 읽다

밤낮을 가리지 않고 갈기서는 거품
투정을 다 들어주는 너
유리조각 부서진 비수로
악다구니 횡포에 귀가 멍든 몸
너는 지그시 바라보고 있다
파도를 삼킨 눈물로
심호흡하며 말을 묻고
일천간장 태워 녹아내린 아픔은
묵언 속에 핀 눈길에 빛을 품었다
먼 수평선을 향해하는 뱃길 앞에
마음 닦은 불빛은 길을 연다
뒤척이는 물살이 어둠에 잠기고
대화가 차단된 사나운 성질이
집채만 한 파도를 일으킬 때면
창창한 불빛 내보내 길을 트고
늑골 안쪽으로 배들을 품는다
끝없이 뿜어내는 불빛이 깊다

그 여자

눈빛 어스름한 여자
8층에서 구름 한 점 이고 나간다
바람이 매화꽃망울 흔들어댄다
까칠한 포미가 눈 맞추며 짖는다
풀피리 부는 붉은 하늘 아래
구급차가 요양병원을 향할 때
눈시울 뜨거워 울려고 할 때
눈 감고 귀를 열고 열 개의 몸이 춤출 때
목련 나무 꼭대기에 우산을 펼친
산 그림자를 마중 나갈 때
먼저 온 초승달이 가슴을 파고들 때
새 한 마리 날아간다
그 여자
챙 넓은 모자 쓰고 간다

그대, 그늘

전나무에서 일어나는 바람에 젖어
불꽃이 솟구치는 그림자를 읊는다
그대는 지울 수 없는 얼룩을 내려놓는다
직선으로 흐르는 음표
거친 숨 몰아쉬며 분노에 떤다
언어들의 군무가 푸른빛을 발산한다
바다를 건너 하늘을 날아가는 지평 저 쪽에서
농축된 가슴 하나 출렁인다
불타는 노래 환한 홍염을 훑는다
못다 핀 칸나 꽃 시들 때
붉은 꽃잎은 대궁 위로 꽃술을 피운다

희끄무레 날아가는 새떼들
발자취 따라가며
그대는 구름 속으로 진다

빛, SNS를 전송하다

김새록 시집

제2부

민들레 1

겨울이 매달리고 있는
길모퉁이 새벽을 뚫고
샛노랗게 웃고 있는 아랫도리가 말뚝 같은
너는 그녀를 붙들었네
슬그머니 떠나는 기억처럼
후들거리며 걷다가 꿀벌 집터를
한 바퀴 돌고 나오는 길
다시 네게로 가 눈을 맞추었지
거침없는 몸으로 꿀벌들을 불러놓고
그녀와 하늘 아래 가장 낮은
햇살 속에서 동거를 하자
황금에 눈을 밝힌 남자가 가래침을 뱉고
덤프트럭은 시커먼 공기를 퍼질러놓고 달아나지만
진통 한 번 없이
악성바이러스에 강하고 시력이 좋은 낫달을 해산했지
제비꽃이 돌멩이들 사이로
기웃거리는 길섶
햇살 걸쳐놓고 서로 등 기대며
푸지게 웃고 노란구름을 타고 있네

빛, SNS를 전송하다

아침 여섯 시 12분이다
구름이불을 덮고 낙지발처럼 늘어진 몸뚱이
알타미라 동굴 속에서 그림을 그린다
주부파업이 화선지를 채우고 오스트리아
잘츠부르크는 음악 속에 있다

구월 둘째 날, 매트리스가 아닌
옥돌 침상 온도를 30도에 맞춰 놓는다
킬리만자로 표범 우는 소리 듣는다
베란다 창문을 뚫는 햇살은 아직
옥돌 침상 온도 30°의 유혹을 물리치지 못한다

해운대아이파크 옥상에 물든 빛
아침을 알리는 바람 속에
측백나무 숲은 부동자세다
누구는 서고 누구는 앉고
나뭇잎 사이로 헤집고 들어 온

SNS 전송은 방금 불그레한

천지창조

한 폭 그림이 된 세상이다

거울 속에 핀 꽃

여자가 가만히 거울을 들여다보네

책상 위에 둥지를 튼 컴퓨터와 동거를 하는
앉은뱅이 네모난 거울 속에
구름을 따라가 버린
찔레꽃을 넋 놓고 바라보네
다섯 장의 꽃잎이 서로 어긋난 채
분방한 웃음이 넘쳐나던 그때 정지된 그림이네
노란 꽃술 위로 오후 세 시 사십 분쯤
햇살이 지나가자
그림자가 어린 듬성한 찔레꽃은
동그마니 앉아서 흘러가는 구름을 흘겨보며
꽃 모자 달라고 생떼를 쓰네

틈새 잃어버린 시간을 훔쳐 와
소녀로 변장하고 풀피리 불며 앉아있네
하얀 꽃봉오리를 머리에 얹어놓고
새가 되어 어디라도 날아갈 것 같네
곁에서 엿듣던 눈치 빠른 곤줄박이들이 찾아와

떠들썩한 뒷동산 둔덕에 자리를 펼치네

거울 밖에서 여자는 창을 열어젖히고
아직, 영글지 못한 씨알을 가슴에 새기네.

봄 시리즈

대나무 숲이 키를 세운
옆집 뒤란을 지나
쑥국새 울음소리 듣고
개울 잔디밭에서
풀피리 분다
'면앙정가'의 들녘
능수버들 아래 송사리 떼가 소리를 듣고
주둥이를 쫑긋거린다
십리 길 오일장에 가신 어머니는
검정고무신이 아닌 빨간 운동화와
눈깔사탕을 사 오신다
상수리나무 가지에 앉아 꾹 구 불러대던
산비둘기가 마실 나가고
진달래를 꺾어
머리에 꽂고 꽃잎에 입 맞춘다
소나무 우듬지에 앉은 낮달이
숨바꼭질을 하고
빈 가슴을 적시는 봄
옆집 대숲이 운을 뽑는다

장미꽃 시간

바람 잘 날 없는 소문은
분홍 장미꽃이다
다가서면 가시를 세운
아가미 푸른 눈짓

손을 뻗어도 잡히지 않는
꽁지 지느러미를 빼는 약삭빠른
몸놀림은 언제나 눈부시다

바람 부는 날 가만 언덕을 걷는다
보이지 않은 소문을 찾아
장미 속의 꽃을 찾아
머리칼 풀어헤친 바람과 함께
산등성을 탄다

시간은 언제나 잡히지 않는
소용돌이 같은 낱말
장미꽃이 피다가 지고 있다

오륙도 달빛에 뜨다

오륙도에 뜨는 달은
파도가 키워 온 애인이다
육지를 건너온 낮빛을 씻어내고
바닷속에서 뜬다
밤낮으로 밀려드는 푸른 심장
헤엄치며 어둠을 가르는 달빛
난류 위로 흐르는 물길 열어
바다 위에 뜬 흰죽 한 그릇
달빛 부엌에서 어머니를 마중하며
육자배기 한가락 펼친다
가슴 휘젓는 보고픔 녹아내리고
은비늘 돋아난 몸이
달빛 속으로 유영한다
곁에 다가온 어미 갈매기
물살 가르고
방패 섬을 돌며 달 타령에 젖는다
건강한 육체미를 발산하는
뱃고동 읊은 소리와 물빛이 어우러진
여섯 개 섬 위에

그 한가운데 뜬,

어머니 환한 웃음

해저의 운율이 솟아 오른다

은행나무가 나비를 날린다

세월 엮은 나뭇가지 사이에 내려앉은
욕심 버린 노란 얼굴, 얼굴들
엘지 메트로시티 일 단지 뜰에 모여들었다
모퉁이를 지나 비포장도로를 걸어서
꽃피던 한 시절을 더듬는 은행나무는
수런거린 바람에 옷깃 날리고
푸른 시간 땅에 묻는다
노랑나비로 부활하여
오후 서너 시 한풀 꺾인 햇살 속에
꿈에서 깨어난 옷 벗는 소리로
저물어가는 한 잎 펄럭이는 옷자락
뼈만 남은 가지 사이로 하늘과 눈 맞추며
만종 속으로 걸어 간다
시간의 물결 속에 비워낸 자리
바람으로 술래잡기하는
익어가는 햇살로 옷을 벗은 채
나비를 날려 하늘바라기 꿈을 꾼다

어둠 스케치

자정 새카만 바람 속에
벚나무 한 그루가
눈을 밝히며 서 있다

뜨거운 햇볕에 타는 한낮 가슴앓이는
가로등 불빛을 넘보고

바람이 지나가는 기척 속에
어둠에 젖은 벚나무를 어루만지며
폭죽 소리 따갑던 지난봄 축제를
가로수에 걸어놓은 길
앙칼진 길고양이 교성을 지나
어둠을 타이르는 낮은 소리를 한다

비로소 기지개를 켜는 왕복 4차선 도로에
내려앉는 꽁무니바람
새벽을 부르는 꿈나무들 호각 소리에
잠들었던 나뭇잎들이
우수수 깨어나 무동을 탄다

고추잠자리

겹눈으로 드론이 날아오고
접지 않는 날개로 기웃거린다
사방을 두리번거리는 눈망울
새털구름에 도달하는 가벼운 몸짓
간짓대 꼭대기에
쭉 뻗은 하체
수평으로 편 날개가
다이어트는 운동이 최고라고 하늘거린다
모래알 시간을 헤아리며
노랗게 익어가는 나날
봉숭아꽃 울타리에
걸쳐놓은 햇살
빨간 고추 맵싸한 방석을 지나
코스모스 목덜미에 숨었다
쪽빛 하늘 솟아오른
작아지는 세상,
띄우지 못한 소나비 편지 물고
노을 강을 건너간다

고래를 찾다

고래는 마음속에도 있고 마음 바깥에도 있다
뜻 가는 대로 고래가 살지만
잡으려고 하는 나를 희롱이라도 하듯
태산목 나뭇가지 끝에 매달려 바람을 탄다
바람 탄 고래는 연분홍 장미꽃 닮은 머리만 보이고
매끈한 꼬리는 보이지 않는다
바닷속 모니터를 바라보며 장미 향 풍기는
한 마리 범고래를 잡겠다고 숨어가는 꼬리를 붙들고
자판을 두드리지만 고래는 변덕을 부린 카멜레온이 되어
깊고 어두운 바닷속을 잠영한다
은비늘이 불길을 피워 올리는 근육질 범고래를 포획하고자
심해 속 짙푸른 액정을 주시하며 자맥질이다

낡은 구두

캠퍼스를 누비는 청춘도 아니고
명품을 장식하고 다닌 아가씨도 아니며
여름이면 발톱 발바닥이 치매기를 앓고
수없이 지난 발걸음을 얼굴에 그려놓은
그녀를 따라나선다
길섶에 풀도 고집이 있고
나뭇가지도 길을 가로막는데
눈도 없고 입도 없고 귀도 없는
일출 따라 일어나 달이 잠들 때까지
선택해준 그녀를 위해
한 몸 망가지도록 오롯이 바친다
그녀가 현관에 내팽개쳐 버린 나를
문 틈새 바람이 조롱하자
속을 털어놓고 하는 말
사랑, 사랑이라 한다

냉장고를 열며 2

거머쥔 손 내키는 대로
열고 닫고, 닫고 열고 갑질이다
산과 들과 바닷속에서 시집온 각시들
포장지를 뒤집어쓴 채
설국열차를 타고
갑순이가 부린 횡포에
초점 없는 눈동자 헛웃음 친다
입이 있어도 열 수 없고
비좁은 냉기 속에 오도카니 앉아
밀알이 되고자 묵상 중이다
유리그릇은 제철이라며 물장구치고
며칠째 움직임이 없는 바다 속 고등어는
병이 도졌는지 눈빛을 잃었다
있는가 하면 없고 없는가 하면 가득 채워진
북극해 고기압은 산과 들을 지나
강을 지나서 얼음기둥을 세운다

KTX에 몸을 싣고

KTX에 몸을 얹었다 쾌속으로 달린다는 기차가 시, 시, 시 소리 뿜어낸다

장학퀴즈 골든벨에서 시인을 "시詩팔 놈"이라는 답을 쓴 학생이 있다

시 팔 놈, 씨앗 팔 놈의 세상에 시를 고민하는 사이 소리 기차는 서울로 간다

한강물이 얼어붙고 몸도 얼어붙은 한파경보가 티브이에 뜬다 눈발은
동서남북을 구름 이불처럼 덮었다

없고 있는 것에서 존재하는
詩야 하늘을 걸어라
詩야 땅을 날아라

시 팔이 아닌 노래의 뿌리 위에 그림을 그리며 집을 짓

고 시 팔이 아닌

노래의 뿌리 위에 푸른 수를 놓아라

유리창에 어리다

바람 없는 유리창에 별이 떠났다
흰 손과 검은 손자국에
발 없는 그림자가 서성인다
서럽게 빼꾸기 울던 날
레테의 강을 건너간 너는
굳게 닫힌 문을 흔들며
마흔다섯 동강 난 그림을
유리창에 검은 기호로 새겨넣는다
안개를 삼킨 열다섯 나이테
갇힌 새 한 마리 창유리에서 꺼내
지워지지 않은 얼룩을 닦아내고
너를 향해 창문을 열고
찔레꽃 핀 길을 따라
새 그림자를 시냇물에 흘려보낸다

여행 그림자

속잎을 열고 나오는 꿈틀거림
무엇이든 떠나면
설렘은 시계추가 된다
물 설은 이방인들의 무수한 언어를 따라
거리 속으로 파고들던 바람이
낯선 얼굴을 가슴에 담아
빈자리 채우는 녹색길을 걷는다
길 위에 발걸음이 느려지자
해가 기운 자리에 밤이 들어앉는다
혼자 남은 사각진 방 벽에 등 기대고
낯선 사물을 마주했던
온몸을 감싸는 빛,
오렌지색 꽃바구니 속에서 꺼내며
아직 만나지 못한 공간과 이별을 하고
동영상이 막을 내린 무대 위
윤슬이 펼쳐진 자리가 펄럭인다

궁둥잇바람

살이 익어가는 오뉴월에 햇볕을 꺾는다
궁둥잇바람 불어대는 노랫가락에
세월이 남긴 그림책을 읊는다
햇살을 마시며 피어나는 붉은 꽃잎은
지울 수 없는 얼룩을 내려놓고
곡선으로 흐르는 음표들 속에 거친 숨
몰아쉬는 은어들의 군무가
섬마을을 지나 하늘을 날아간다
다듬잇돌로 누르고 있는 농축된
가슴 응어리 리듬 타며
백사장에 뿌리박고 모래알 틈 속으로
못다 핀 해당화가 피고 떨어진다
시들어진 꽃잎 품은 노란 꽃술
희끄무레한 구름 타고
그림자를 읽으며 춤사위를 펼친다

목격자

광안리 바다를 건너온 소슬바람이 가로등을 삼킨다
붉은빛이 목선을 넘어 가슴을 뚫고
별빛이 지켜보는 초등학교 앞
가로등이 되었다
수은등은 직박구리가 잠들어 있는
벚나무 가지에 둥지를 튼다
아이를 태운 승용차가 가지 사이에서 새어나온
불빛을 무차별적으로 집어 삼킨다
동강 난 선홍빛이 쏟아진다
눈을 외면해버린 가로등과 목격자가 된 벚나무가
눈물을 감추고 아이의 신발이 걸린 나뭇가지에
찢어진 자동차 그림을 걸었다
발길이 끊기고 링링*이 지나간 자리,
어둠에 잃었던 눈을 되찾고
불빛에 매단 벚나무가 어제보다 밝다

* 링링 : 제13호 태풍 이름

빛, SNS를 전송하다

김새록 시집

제3부

문득, 이슬비 속에

바다가 보이는 베란다에 서서
광안리 앞바다에 은밀한 속마음 띄워놓고
가슴으로 봄비를 마중하고 있다
초록 물로 내리쬐던 빛살도 숨어
벚나무 가지를 타고 놀던 까치도 떠나
동그마니 서 있는 벚나무 꽃잎을 깨물며
품속으로 파고드는 보리 가시 눈물
라디오에서 흘러나온 선율에 띄워 보내고
베란다 문을 열어젖히며 문득 돌아서 보니
주름진 이슬비 속에 서 있는 여인이
꽃비를 타고 짙어진 나무숲을 향해 날아간다

꽃이 오다

길 가다가 꽃 한 송이 귀에 건다
어느새 꽃이 된 내 귀를 본다

길 가다가 꽃 한 송이 입에 문다
어느새 꽃이 된 내 입술을 본다

꽃이 귀가 되고 입술이 되는 길
봄 아지랑이가 엿보고 있다

꽃이 그 향기로 오고 있는 길
봄 매무새로 가만 마중하고 있다

길 잃은 플랫폼

갈매기 호곡에 미아가 된 동해남부선 송정역
숱한 발자국으로 백사장을 이고 지고
썰물이 파고든,
우수리스크 라즈돌리노예역으로 떠나버렸다
너도 가고 나도 간 선로를 잃어버린 미아
녹슨 철길 사이로 굴곡진 주름살은
틈에 널브러져 있는 상처 난 깡통을 붙들고
서럽게 할퀴어대는 파도 소리 삼킨다
눈물을 뿌리며 서로 마주보는 레일처럼
오래 전 열차가,
내 가슴 위로 소리 없이 지나가고
사진기 앞에 메마른 웃음 짓는
여자를 닮은 풀잎들은 계절을 망각하고
엉겨 붙어 녹슨 철길 위에 누워
예수가 부활한 장면을 그려놓고
냉혹한 사연을 바다에 띄워 보내는 중
엿듣고 있던 까치가 소식을 물고
라즈돌리노예역 쪽으로 날아간다

쑥부쟁이 길

꽃 모자 눌러 쓴 그녀가
사람들 틈을 뚫고
강아지를 품에 안은 채
안개 속으로 들어간다
마을버스가 지나가고
화살 바람과 동거한 동박새가
동백나무 숲을 넘나들며
서쪽 쑥부쟁이 길로 간다

개울 건너 골목길 서쪽 집
한여름 매미가 울 때
마실 나가신 큰아버지가
쑥부쟁이 길 위에 쓰러지던
안개 뿌옇던 등 뒤로
골바람이 당산나무를 돌고
모자를 벗은 그녀가
들녘에서 쑥부쟁이 꽃을 본다

네일아트

첨단 물살이 쓸고 간 봉숭아꽃물이
K 은행 P 팀장 손톱에 피카소 그림으로 전시된다
숫자를 두드리는 그녀의 손이 분리되고
별똥별 헤아리며 전깃불 아래서
뿌린 내린 봉숭아꽃은
해를 넘보는 철탑을 뚫고 스며들온다
굴뚝 연기가 하늘로 날아가고
밥이 익어가는 냄새가 허기를 불어올 즈음
동무들과 꼬막껍질로 소꿉놀이하던
달빛 머문 깨복쟁이 조막손을
P 팀장 손톱에 앉힌다
달무리 은은하게 물들어가는 밤
개구리 울음소리 땅에 떨어져 쌓이는 초저녁
달빛 꽃물이 손가락 사이로 흐른다

콩나물 무치는 여자

팔분음표 노란 노랫가락
흥겨운 맛을 떠올리며
깨소금을 뿌린다
연보랏빛 접시가 목욕 재기하고
덩그마니 앉아 있다
조물거리는 손가락 끝에서
음표들이 되살아나
화음 속으로 걸어간다
물결무늬 식탁 위에 둥근 접시
서로 폼 잡는
원앙이자 앙숙인 하늘과 땅
땅과 하늘인 그 씨앗이
젓가락 들고 선율을 건져 먹는다

콩나물을 무치던 여자
돌아서서 드라마를 무치고 있다

검붉은 메아리

바람이 풍문을 향해 울부짖을 때
동백나무 숲속에 동박새가 없고
시베리아 칼바람 타고 모여든 기러기들이
광화문 광장에서 너는 죽고 나는 살아야 한다며
하느님을 헐값에 팔고
찜통더위와 동장군을 삼킨 배탈 난 광장이 검붉다
마녀사냥 몰이로 종일 토해내는 핏빛 아우성
타들어가는 불꽃 속에 활개 치는 극과 극의 대립은
부서지고 찢어진다

붕어빵 파는 아저씨 눈과 귀가 시리다
광장의 메아리가 붕어를 싣고
시베리아로 갔다며
굶주린 빵틀에 한숨을 넣고 돌린다

솔빈강변의 고려인

붉은 강물 속에는
발해가 저물어갈 당시 많은 병사가
최후의 보루에서 목숨을 버렸다는
이야기가 깊이깊이 흘러간다

항일투쟁의 피 비린 역사는 러시아
이주정책으로 짐을 싸 들고
목초지를 헤매던 발바닥의 물집
고려인의 피가 흘러간다

그 아픔을 가슴으로 듣는 나그네들
굳은 얼굴들이 강물에 잠긴다

안개 낀 연해주 우수리스크
한 폭 수묵화
젖소들은 한가로이 벌판을 뜯고
야생화가 덩달아
태극무늬를 흔들고 있다

두만강을 건너 연해주로

이주한 구한말

고려인의 정기

물의 힘줄을 당긴 도도한 솔빈강*

화살처럼 과녁을 향하여

팽팽하게 물을 쏘아 올린다

* 솔빈강 : 우수리스크에 있는 수이펀 강가

남사 예담촌

돌담 위에 질긴 생명줄 엮어가는
묶은 담쟁이
햇살 품고 찾아오는 사람과 사람들
발길에 귀 기울이고
고샅길 고택마다
노란하늘 아래서
홍시가 꽃등 밝히고 손님을 즐긴다
모래흙 밟으며 걷는 길
사라져가는 양반 촌이 푸르고
조선 시대 중기에 지었다는
이 씨 古家
이십일 세기를 어우르며
인조가 점지해준 450년 된
회화나무
용트림으로 시절을 삼키고 묵언 중이다.

꿈결

어머니 하늘에서 단비 타고 오셨나
머릿수건에 핀 봉숭아꽃이 금빛 웃음이다

아무도 보이지 않은 나는,
동그라미 그리다가 간짓대에 앉아 있는
고추잠자리를 그린다

소낙비를 뚫고
풋고추와 애호박을 딴 요술 손
된장국 냄새가 울타리를 넘나든
이승과 저승 강 하나 사이로
간짓대에 걸린 어머니 시린 무명베적삼이
갈바람을 훑고 지나간다

해곡리 내동*

고동시감나무 가지에 걸려있는 초승달은
가슴 데운 씨앗으로 꺼지지 않은 초롱불을 밝힌다

아랫마을 우물가 돌아서 나온 윗마을 모퉁이
하나둘 헤아리는 소리 돌담 이끼에 묻어있다
돌부리도 덩달아 달음박질하는 해질 무렵
광주댁 목소리 낮게 깔린다
어스름에 젖어 내려앉는다
탱자나무 울타리에 잠든 밀잠자리는 꿈꾸는 중이다

초승달은, 풀벌레 울음소리 넘나드는
소동댁 집을 지나 진순이 짖어대는
목회불 속에서 개똥벌레와 숨바꼭질한다
은하수가 하늘을 가르며 떨어져 내린다
평상에 앉아 뒷산으로 혼불이 지나갔다던
언니의 전설 속에 봉숭아 꽃물이 익어간다
밤참으로 먹는 옥수수 단맛에 별빛이 쏟아지고

대나무밭에서 바람이 피리불고 지나가는
삼백이십 번지 그림이 달빛에 걸려있다

* 담양 마을 지명

황매산 철쭉제

참꽃 지고
속살을 펼쳐 보이는 철쭉
아직도 못다 한 눈물이
꽃잎 속에서 구절양장 애를 끓인다
한때 꿈을 이고 시집가는 날
청사초롱 불빛이 잿빛이다
숱한 발자국 찍으며
톡 쏘는 첫사랑 순정을
뭉게구름에 실려 보내고
새색시 볼연지는
미세먼지 장막에 들러 처진 채
가쁜 숨을 몰아쉬며
하늘 창을 연다
산을 오르는 새색시
붉게 토해내는 눈물 속에 갇힌다

부용동 원림 타전 중

해남 바다 건너 보길도
윤선도가 던진 낚싯대에 걸린 부용동 원림
파도 소리 멎고 햇살 한 줌 흩뿌린
연못 속에 노송 바람타고
춤추는 소금쟁이 연가
세연정 띠를 두르며
이지러진 달빛에 심호흡한다
오우가 격자봉 그려놓고
적요에 젖어 생명수 넘치는
물에 흘려보내며
꽃방석에 앉아 편지 띄워 보낸다

웅크린 왕 개구리 큰 바위가 때가 왔다며 자리를 박차고
보길도 앞바다를 향해 뱃고동 소리 읊으며 타전 중이다

민들레 2

흔하여 늘 눈 밖에 있지만
떨어져 짓는 미소
주눅 들지 않은 매무새로
발을 땅속에 묻고
용암이 녹아내린 노란 빛살은
높지도 않고 낮지도 않게
환한 얼굴 내밀고 선 여행자

갑이 빼기는 자리
빈집 후미진 뒷마당
바람 따라 흘린 꽃씨 틔운 꽃대는
구름이 흘러가는 그 어딘가에서
낮은 자리 질펀하게 피어나
무수한 발길 짓밟힌대도
생존의 땅에서 환하게 웃고 있는 방랑자

봄눈이 떨어진다

'소녀의 기도'가 안단테로 흐른다
새순 돋는 양지바른 언덕
아지랑이 너울 속에
분홍색 꽃 모자를 쓰고
징검다리를 건너
피아노 건반 위에 춤을 추는
푸른 여자,
꽃샘 눈에 넋을 놓고
바람 타고 산을 넘는다
골바람이 구릉을 할퀴고
조각난 피아노 음계는
빈 나뭇가지 끝에 걸렸다
봄눈이 떨어진다

발자국을 보다

임랑 라이브카페 꽃밭에서
무지갯빛 이름을 날렸던 그녀가
흘러간 구름 속에
노을 진 회색빛 나비가 되어
떠나간 기차를 노래한다
별이었던 높고 넓은 날갯짓
꽃인 시간을 잊고 사진 속에서 웃고 있다

거추장스러운 옷으로 가려진
꽃밭에 핀 꽃의 무게를 이고
까치발로 선 안개 무대
푸른 향기 지워지고
나비가 날아간 그림자를 읽는다

가을 문턱에 서 있는 한 여자가
그녀의 빈 무대에서
피다 만 꽃을 들고
여름을 어깨동무하며 지나간

아직 피우지 못한 꽃씨를

모래밭에 그려놓는다

바다 수첩

알몸으로 눕고 싶은 바다
고갱의 그림을 눈에 담는다
비키니를 입고 비키니는 벗어던지고
원피스 차림의 수영복을 입는다

쉼 없이 꿈틀대는 파도에 등이 휜다

고향의 논두렁 냄새를 닮은 파도
아늑한 놀빛을 머리에 올린
어머니 목소리가 파도를 타고 온다
옛집을 찾아 집안 가득
웃음꽃 피던 명절 아침 저녁
다 떠나버린 마루에 남은 적막 같은
파도, 그 몸속으로 나를 담근다

모래밭 기슭을 따라
바람이 불고 꽃잎이 하늘거린다
꽃잎에 눈을 맞추는 파도

논두렁 냄새에 젖은 몸이 기울어진다
밀물 구비마다 떠오른다

몰래 다녀간 비

가랑비가 오거나
하늘이 낮게 깔리는 날이면
이웃 마을 진덕이는
민들레꽃을 머리에 꽂고
치마를 거친 땅에 끌며
탱자나무 울타리 곁에 나타나
헛웃음을 바람에 띄워 보냈지
동네 개구쟁이들에게 웃음거리 선물하며
거먹구름 타고
골목을 빠져나가곤 했어

홀로 어둠을 밝히며
불나방 되어 사라지고
물안개가 밥솥 김처럼
솟아오르는 이른 아침
진덕이 아버지 소달구지 소리
앵두꽃 샘가에 마실 나오고
참새 떼 몰려와 환호성일 때

밤새 몰래 대문 앞에

진덕이가 왔다 갔을까

고니 발자국

고니 한 마리 해안도로에서 날개를 접는다
푸른 바다를 읽으며 알람이 울리자
낙동강 둔치에 자리를 펼친다
모여든 철새들이 고니 품속으로 파고들어가
가나다라를 읊으며
글 깁는 물을 퍼 올린다
고니는 눈이 어둔 새떼들을 거느리고
모래알을 갈고 닦는다
비상하는 바람의 역류를 따라
자음과 모음을 엮어 숲을 이루고
물갈퀴가 찢어진 날개 끝에서
우수수 별이 떨어진다
서리꽃이 피는 먼 길을 돌아
노을에 스며든 고니 그림자
아직 읽지 못한 문장이 펄럭이고
저 혼자 흔들리는 낙동강 둔치에
우뚝 선 포구나무가지에 낮달이 걸린다

제4부

가을 속으로 걸어가다

저물 무렵 서녘을 향해 걸어가는 여인에게
키 큰 감나무가 말을 걸어오네
폭우에 숨죽이고 우레에
간이 덜컹거리도록 몰아치던 광풍을
띄워 보낸 강물 위에
폐지 줍는 아저씨 동강 난 손수레와
넋 놓은 할머니 정신 줄이
섞여 있다고 귀띔하네
처서에 미처 떠나지 못한 불화살에
으스러진 어깨가 마파람을 걸치자
통증이 꺾였다 하네
풀벌레 합창 소리에 귀 걸어놓고
이제 노랗게 웃는다고
노을빛 익어가는 은행나무 가지 사이에서
흘러나오는 휘파람 속에
물든 구름을 따라가는 여인은
나무와 눈을 맞추네
우물 곁에서 감나무가 고개를 끄덕이네

변산 바닷가에서

바다는 지금 텅 비어 있다
빈 가슴 위에 빈 하늘이 떠 있다
구름은커녕 먼지 한 톨도 되지 못한 나는
바람처럼 비어 있다
허전한 빈 손가락
그 속으로 오가는 바람도 되지 못하고
지금은 밀물이 차오르고 발바닥이 젖는다
나무에도 물이 차오르는 소리가 있다
나무 곁에 서서 귀를 기울인다
속으로 차오르는 물소리 같은 것이 있다
어릴 때 듣던 고향 시냇가의 물소리 같다
지금 고향 시냇가에 서 있다
멀리서 대숲이 울리는 소리를 한다

신나는 스트레스

글벗나무 청탁에
황무지를 갈아엎는다
박제가 된 머릿속에는
뇌세포를 조여오는
자판기 치는 소리만 어둡게 들린다
망가진 길을 찾는
벼랑 끝이 아찔하다
마침내
날아든 하얀 아카시아 꽃잎
모시나비처럼 날개접어
첨부하여 전송하는
스스로 섬이 되는 꽃자리
투명한 물방울에 잠긴
햇살이 깊다

갑질

통도사 돋을볕 머문 미소로
발길 잡는 국화전시회
독수리눈이 사냥을 나선다
갈퀴 달린 손가락은
보라색 턱시도와 노란색 드레스로
단장한 한 쌍을 골라
베란다에 신혼 방을 차려놓고
바람도 모르게 쌓인 목마름이 있다
씨앗 품은 꽃대가 베란다에 솟는다
독수리눈은 베란다를 염탐하며 콧바람이다
불이 꺼진 거실을 틈타
신혼 방에 발톱을 세우며 침입하고
굳은 손으로 살결을 만지며
코로 입술을 취한다

억새

바람 타는 억새가
바람이 포자를 슬쩍 건드리자
하늘로 분신을 날리고
산도
혼자 힘으로
새로 오는 생명을
얻을 수 없음을 말하며
날개 달고 내려앉는 씨를 받아
동그란 그림을 산마루에 펼친다

낮달에 걸려든 언덕이 배시시 웃는다

물안개

구름처럼 바람처럼
지망없이 와서 지망없이 떠나는
때론 엇갈리는 물이 낯설다

마더 테레사 수녀의 손길로 포옹을 한
우렁각시 같은
하얗게 녹아내리는 물안개

라디오는 음악에만 귀를 연다
이도 저도 아닌 바닥난 가뭄처럼
음악이 아닌 내용도 없는 노랫말은
물의 탈을 쓰고
바람과 바람 사이에 엎질러진다

향기처럼 피는 것도 있기는 하다
물의 꽃 물의 길
어느 가장자리에서 물보라로 뜨는

감람나무 잎으로 귀를 씻는

저녁 늦도록 음악이 달다

새겨진 무늬

낙동강에서 온 두루미 한 마리가 동백꽃 꽃잎을 물고
오리나무가 줄달음치며 앞장서 가던 이기대 산책로
오륙도 유람선이 스캔하고 입맞춤하는
암벽에 뚜렷한 문자가 된,
바다를 헤엄쳐온 산이 흔들어도 해를 품고
어골문으로 찍어놓은 여러 발자국

묵언 속에 핀 조약돌 서사
낙동강의 언어를 썰물에 띄워 보내고

반구대 암각화가 흘려놓고 간 바람이 모나리자 표정을 짓는다

충돌

가슴에 채워지는 말이 있다
달아나지 못하고
명치끝에 박혀 있던 생각들
자음과 모음으로 먹물을 친다
개 짖는 쇳소리를 따라
허공에 삿대질하며
앞과 뒤로 흔들어대는
꼬리표
해독되지 않은 문자는
문을 가려놓은 커튼 위에
깊숙한 웅덩이를 판다
양순음과 홀소리가
소용돌이다

문을 찢는 시퍼런 바람
불빛을 삼키고
길 잃은 아우성 거친 숨을 몰아쉬며
엇나간 혀에 부딪친다

벚꽃 지고 피고

지난해 봄을 지나면서
봄기운으로 인연 맺은
벚꽃의 흔적이 다시 눈을 뜬다
나무에서도 나무눈발이라고
눈보라 맞으러 나간다
보리피리 새삼 듣는
시절이 오고
햇발 속 꽃눈은 눈부신 눈발이다
다시 태어난다는 것은
벚꽃처럼 환한 눈부심이겠다

질주

편도 4차선 남해고속도로
자동차 바퀴에 튀는 숨 가쁜
속도는 검붉다
산줄기를 따라 강이 달아나고
달아나는 속도에 꽂힌
보이지 않는 그림자를 겨누고 있는
잿빛 속도는 표적에 꽂힌다
달리는 시대의 난기류를 따라온
구름이 덩달아 기호를 찍는다
좀처럼 그치지 않는
시속 백사십 킬로의 질주에 시달린
가야할 길은
불꽃 튀는 소리로 까마득하다

봄 먹은 하루

산수유 속에 문자가 떴다
화전놀이 한마당 속
꽃바람 메시지 타고
고등골,*
산신령이 모시고 사는
소설가 고금란댁 가는 길
개나리가 마중 나오고
제비꽃이 속내를 열어젖힌 가슴으로
여성 문인들에게 화관을 씌운다
진달래꽃 따다가
막걸리 사발그릇 속에 띄우고
이야기꽃 익는 화전
서울에서 달려 온
봄 바람난
강 시인 어깨 들썩 얼쑤
세월가락 풀어내고
꽃순이들은 땅에 주름 묻으며
쑥을 캐낸다

흙냄새 심호흡하며

나물 캐는 그림 펼쳐놓고

낙화하는 산벚꽃 따라

한 무더기 웃음꽃 피는

봄 먹은

하루

* 고등골 : 울산 울주군 언양읍에 있는 지명.

미케해변가*

럭셔리호텔 앞바다
일천 간장 녹여 윤슬로 화답하고
흐른 듯 멈춰선 수평선
불그레한 이불 살짝 덮고
어선들을 품는다
신호등이 없는 편도 사차선 도로
먹이 사냥을 나선 개미 떼
오토바이들 타고 전쟁 중이다
아직,
침대 맞은편 통유리에 기대어
망고갈비뼈 입에 물고
구경하는 나는
접선하는 이름 모를
까만 새 한 마리
흘러놓고 간 뜻 모를 문자를 읽는다

햇살을 업은 바다가 노래하는

미케해변가 만찬을 향해

질긴 혼자 말을 삼키며 출항준비로 바쁘다

* 미케해변 : 세계 6대 해변으로 선정된 다낭의 바다

치통

이빨 하나 갈아 끼우고
먼 산을 본다
끼운 이빨에서 멀리 간
바람 냄새가 난다
설레발치는 바람 속에
잎이 살아나고 꽃망울이
하나 둘 어제처럼 핀다
날아든 문자를 또 읽는다
피는 꽃망울과 날아든 문자
마주 앉는 일이 잦다
어제 아닌 그저께
앓는 이빨에 잠이 찔렸다

햇무리

울산 간절곶에서 햇귀가
세수를 갓 하고
이기대를 품고 장자산을 지나
하늘과 땅이 닿는 이웃에게
푸른 복음을 전하며
별똥별을 싣고 있는 첫차와
벚나무 가지 위에서
새벽잠을 깨우는 참새가
신호를 접수하고 호흡을 고른다

밤새 드나들던 광안리 앞바다는
햇발을 마시며 기지개를 켜고
짐승이 노리는 어둠 속에서
낯선 아가씨 뒤를 따라가
닫힌 현관문을 잡아당기는
굶주린 늑대에게도
비둘기를 날려 보내주는
햇무리가 손과 손을 맞잡고
연노랑 동그라미로 솟는다

달빛 여행

햇빛 따라 나섰다가
어스름 길 돌아오는 모퉁이에서
남몰래 동행하는 달빛을 탄다
눈물을 삼킨 노을강을 건너
세상에서 가장 먼 곳에 있는 엄니가
초승달 빛과 어우러진 은하수 곁에서
머리 수건으로 손을 흔들고 있다
팔만사천 모란과 극락조들이 동거하고
젊지도 않고 늙지도 않은
흰나비 옷을 입은 실바람이 춤추는 꽃밭에
월강곡이 흐른다

남새밭에서 엉덩이 내놓고 볼일 보시던
기용이 할머니가 나비춤을 추고
메아리를 부르며 오라고 손짓한다
나는, 뜨거운 눈을 감고
발이 먼 노란 동그라미 여행 문을 닫는다

하얀 레이스에 꽂히다

벚꽃이 보낸 문자를 받고
거울 속 표정을 읽는다
코로나바이러스가 가로막고 있는 몸
공포가 덮친 날갯죽지에
고양이 그림자가 달라붙어 발이 멀다
면역 세포가 말랑하게 잠든 머리를 삼키고
비말이 위협을 조성하며 입을 단속한다
흐르는 빛이 비집고 들어와
요들송을 펼쳐놓은 벚나무는
하늘궁전을 짓고 환호하며
햇빛과 바람을 버무려 마신
심장을 드러내고 손짓이다

제라늄을 심다

제라늄 한 포기가 가슴에 들었다

세상 먼지에 찌들어 꽃이 없다고
바람이 참견하는 소리 듣는다

불 밝힌 베란다 귀퉁이
어둠 속에서 눈 뜬 얼굴이 환하다

푸른 신호등 너머 더디게 오는
봄에게 손짓하는 등대 불빛이다

가슴 속 향기가 짙은 기지개를 켠다

해설

낮은 읊조림,
그 겸허한 시적 아포칼립스의 미학

정 훈(문학평론가)

낮은 읊조림, 그 겸허한 시적 아포칼립스의 미학

– 김새록의 시 세계

정 훈(문학평론가)

김새록의 시편들 속에 읊은 정조는 나지막하면서도 차분하다. 현대시가 대체로 표방하는 비극적이거나 허무적인 세계관도 보이지 않고 소박하게 세상과 함께 어우러지는 시인의 모습을 떠올린다. 이런 삶의 태도는 쉽게 얻기 힘들다. 대개 시적 과잉이나 잔재주에 빠져 자신을 과대포장하기 일쑤기 때문이다. 다시 말해 시인의 눈은 사물이나 대상의 눈높이에 맞춰 있다. 으스대지 않고 납작 엎딘, 겸허와 마음의 청빈 속에 자신을 가두기 때문이다. 이번 시집에 실린 시들이 그래서 편안하면서도 경쾌하게 읽힌다. 단독자로서 개개인의 실존은 사실 이 세계의 무지막지한 공포와 표정 앞에 불안을 느낀다. 한편으로 세상과 화해하려는 몸과 마음의 의지 앞에서 이 세계는 '자연'이라는 위대한 품에 안긴 생명공동체인 셈이다. 김새록 시인은 이러한 생명공동체로서 자연과 세계를 바라보고, 자신을 추스르면서 생의 기쁨을 만끽한다. 생명의 기쁨을 얻기까지 겪었을 숱한 상처와 고통은 쉽사리 생각하기 힘들지만, 보통 긍정적이고 낙관적인 가치관을 지니기까지에는 남모를 고민과, 세계 이해를 위한 고투를 지나왔다고 보면 틀림이 없다. 따라서 밝은 표정의 시편들 뒤에 가려져 있는 그늘진 삶의 풍경 또한 짐작할 수 있는 것이다. 시란 시인의 삶의 고름을 짜내어 말간 언어로 다듬은 말의 항아리다. 김새록의 시들이 보여주는 이미지와 형상화도 그런 측면에서 바라다봐야 한다.

새털구름 지나가는 노란 들녘
노을빛이 깊다
한 겹 넝마를 걸친 파수꾼은
각설이 춤에 신명을 매단다
염소 할아버지가
막걸리 사발 걸치고
풀무치 날아와 앉은 어깨에
지친 하루는 불탄다
시선 안으로 들어온 참새는
구름 밖으로 날아간다
들판은 고요해진다
땡볕에 익은 땀방울
논바닥 가득 황금 씨알로 암호를 새긴
육자배기 한 가락이 고개를 넘고

간들바람에 너털웃음을 탄다

–「허수아비 가을」 전문

가을의 풍경이 선연한 작품이다. 가을이 결실의 계절이라고 할 때, 우리는 가을이 인간에게 안기는 자연의 선물을 잘 알고 있다. 그간의 노고와 땀방울에 대한 보답이 이루어지는 계절이다. 한편 이 계절의 분위기는 왠지 쓸쓸함마저 주기도 한다. 저무는 이미지가 강하기 때문이다. 시에서 인용한 허수아비가 신명난 듯 보이지만, 그 허수아비가 서 있는 노을 지는 들녘은 고독을 가득 품은 공간처럼 황량하다. 하지만 그동안 인간과 모든 생명체가 부지런히 움직이며 땀 흘린 보람이 이곳저곳의 시어에 환희의 이미지로 묻어 있다. “각설이 춤” “막걸리 사발” “육자배기 한 가락” “간들바람에 너털웃음”과 같은 대목에서 선연하다. 자연의 모습에서 인생의 고단함과 기쁨이 서로 얽혀 스며든다. 시인은 가을 들녘의 모습이 마냥 풍경화의 스케치가 아니라 삶의 굴곡진 언덕과, 그 언덕을 넘어가면서 잠깐 맛보는 샘물 같은 휴식이 어우러진 언어의 크로키로 되살린다. 그러니까 풍경이 전부가 아니다. 풍요로운 그림 뒤에 숨어 있는 삶과 자연의 고단함을 볼 수 있어야 하는 것이다. 가을이 왔다는 사실은 지난 계절 동안 분주히 살아 움직이며 땀을 흘린 존재들에게 마침내 일용할 양식을 제공하는 것과 함께, 또 다시 어둠과 추위를 맞이해야 한다는 자연의 소식이다. 시인은 그런 이중적인 메시지를 의지와 관계없이 시로 형상화 했다.

여자가 가만히 거울을 들여다보네

책상 위에 둥지를 튼 컴퓨터와 동거를 하는
앉은뱅이 네모난 거울 속에
구름을 따라가 버린
찔레꽃을 넋 놓고 바라보네
다섯 장의 꽃잎이 서로 어긋난 채
분망한 웃음이 넘쳐나던 그때 정지된 그림이네
노란 꽃술 위로 오후 세 시 사십 분쯤
햇살이 지나가자
그림자가 어린 듬성한 찔레꽃은
동그마니 앉아서 흘러가는 구름을 흘겨보며
꽃 모자 달라고 생떼를 쓰네

틈새 잃어버린 시간을 훔쳐 와
소녀로 변장하고 풀피리 불며 앉아있네
하얀 꽃봉오리를 머리에 얹어놓고
새가 되어 어디라도 날아갈 것 같네
곁에서 엿듣던 눈치 빠른 곤줄박이들이 찾아와
떠들썩한 뒷동산 둔덕에 자리를 펼치네

거울 밖에서 여자는 창을 열어젖히고
아직, 영글지 못한 씨알을 가슴에 새기네.

―「거울 속에 핀 꽃」 전문

자연과 마찬가지로 인간 또한 꽃과 그늘의 이중적인 면모를 보인다. 「거울 속에 핀 꽃」에 형상화된 소재와 이미지들에서 풍기는, 생의 아쉬움이나 삶의 여백의 한 귀퉁이가 자아내는 회한 같은 것이 그렇다. 성숙한 여인이지만 그 속에 소녀의 소망이 씨앗을 품듯 쟁여져 있다. “틈새 잃어버린 시간을 훔쳐 와/ 소녀로 변장하고 풀피리 불며 앉아있”는 진술에서, 과거에 대한 그리움과 현재 시적 화자의 상태와 대비를 이루고 있다. 시간성은 늘 우리에게 알 수 없는 회한과 그리움을 안긴다. 시간, 그 보이지 않는 세계 범주는 공간과 함께 이 세계를 떠받치는 축이다. 눈에는 보이지 않되 차차 변모되는 생명과 사물을 통해서 시간은 각인된다. 따라서 보통 시간은 개념적이고 추상적인 관념으로 놓여있지만, 이 시간만큼 구체적이면서도 확실한 영역은 없다. 지금까지 수많은 문학작품의 제재와 주제가 바로 시간에 관한 것이었다. “거울 밖에서 여자는 창을 열어젖히고/ 아직, 영글지 못한 씨알을 가슴에 새기”는 화자의 심사에서도 뚜렷한 생각의 빛깔을 엿볼 수 있다. 위 시에서 형상화된 소녀와 여자의 이미지는 바로 시간의 범주 안에서 변화된 자신의 모습을 재확인하는 화자의 씁쓸한 마음에서 생겨난다.

자연과 시간에 대한 감성적 인식은 시인뿐만 아니라 모든 사람들에게 주어진 태생적인 능력이다. 시인은 이를 구체화시키면서 그 진실을 형상화하는 사람이다. 김새록의 시편들은 이를 쉬운 일상적인 언어로 변형시킨다. 일상의 현실에서도 감성적 인식은 작동한다. 아무렇지도 않게, 늘 다람쥐 쳇바퀴 돌듯 흘러가는 하루하루인 듯 보이는 일상에서조차 얼마나 수많은 변화와 생각의 갈피들이 접혀 있는지는 조금만 생각하면 느낄 수 있다. 우리가 맞이하고 그 속에 포섭되는 일상은 눈에 보이는 것처럼 단순하지가 않다. 왜냐하면 과거와 미래의 조짐까지 응축한 시간대가 지금 이곳이기 때문이다. 따라서 시인은 늘 현재를 유심히 바라보고 느끼게 마련이다. 지금 이곳을 유심히 들여다보면 우주만큼이나 무수한 세계들이 서로 복잡하게 얽혀 있다는 사실을 깨닫는다.

장맛비가 주춤하자
붉은 신호등 앞에 멈췄다
버스는 파란불을 삼키며
펴져오는 햇살을 싣고 달린다

비구름을 몰아낸 건들바람이
변장한 여름과 가을 사이에 서성인다
피에로 그림이 그려진
빨간 우산을 쓰고 가던
길을 멈춰선 허수아비가
손 전화를 붉은 바바리코트에 집어넣고
쑥부쟁이가 한들거린 들바람을 타고 있다
참새들이 잔치 벌어진 들판에서
찰리채플린이 지팡이를 흔들며 반긴다

잠시,
푸른 눈빛이 가려진 각막 속에
번뜩인 촉수가 허수아비를 걷어내고
여름 한 가운데 서 있다
다시 꺼내든 손 전화에서
주말부터 또, 장마전선에 든다고 한다

–「착각」 전문

일상의 풍경을 다양한 시선으로 담아낸 시다. 평범한 일상이라도 일부러 의식하면서 들여다보면 더러 낯설어지는 때가 있다. 이런 경우 자신을 둘러 싼 사물과 환경들이 새롭게 다가온다. "여름과 가을 사이에" 놓여 있는 계절의 배경과 도시의 거리에서 분주히 움직이는 사람들, 그리고 변덕스러운 날씨가 한데 엉켜 어딘가 그로테스크한 이미지를 남긴다. "다시 꺼내든 손 전화에서/ 주말부터 또, 장마전선에 든다고" 해서 물러간 줄로만 알았던 장마 소식이 착각에 지나지 않은 사실을 들려준다. 날씨에 대한 착각이 전면에 형상화되지만 어찌 보면 우리 일상의 모든 체계와 풍경들이 자연스럽지 않고 수많은 착각과 오해와 편견으로 뭉쳐져 있지는 않은지 생각하게 한다. 지금 이곳의 세계는 확실히 불가해하다. 사람들은 자신이 속한 시공간이 확실하고 투명하다고 믿는 버릇이 있다. 이는 이성이 작동하기 때문이다. 지금 숨 쉬고 살아가는 시공간을 의심하면 그만큼 힘들어지기 때문이다. 인간이 오랜 시간 동안 이 세계에 적응

하면서 축적된 의식 기능 때문에, 세계에 대한 회의와 재인식은 어지간해서는 거부하고 싶어 한다. 시는 이런 세계인식을 의심하면서 재조립하고 재구성한다. 일상에 대한 시적 뒤집기가 벌어지는 것이다. 현대시는 현 세계에 대한 불확실성을 보여준다. 모더니즘이 발생하게 된 계기도 근대에 대한 불안이나 불확실성과 관련이 크다. 하지만 모더니즘의 범주가 워낙 넓고 방대해서 일상의 낯선 지점을 소재로 쓴 시 자체가 모더니즘의 범주에 들어가는 건 아니다. 그러니 '모더니즘'이라는 개념부터 유연성 있게 이해할 필요가 있어 보인다. 「착각」은 일상의 모습 속에 일그러지고 변형된 의식을 드러낸다. 이는 정보와 현실의 풍경이 어우러져 증폭된다고 볼 수 있다.

양지바른 곳에서 새순이 온다
그걸 마중하느라 아지랑이가 너울거린다

분홍색 꽃 모자가 보인다
징검다리를 건너오는 발자국소리
소녀 걸음걸이는 스타카토로 건반을 친다

산머리에 걸리는
저녁놀 빛 꽃망울 같은 날

강물에 뜨는 버들피리 소리에
봄은 또 치맛자락을 흔든다

잔설 녹아 흐르는 소리를 한다

빈 나뭇가지 끝에 걸린
구름 한 조각
푸른 세월을 엮는다

–「雨水 지나가는 소리」 전문

일상에서 겪는 변화 가운데 하나가 자연의 순환이다. 사시사철의 진행이나 날씨도 이에 해당한다. 위 시는 이러한 계절의 움직임을 보며 마음이 동한 시인의 감성이 녹아든 작품이다. 겨울이 지나고 봄을 맞이하는 절기인 우수는 생명이 약동하는 소식을 전하는, 모든 생명체들에게 반가운 절기요 철이다. '우수'뿐만 아니라 24절기 모두 각각 나름의 의미를 지닌다. 자연 순환의 마디점이자 생명의 생성과 소멸이 끊임없이 회전함을 보여주는 상징이자 이미지다. 그렇기에 인간은 절기마다 시간과 생명과 존재의 의미를 되새기는 것이다. 우수가 지나가는 소리가 경쾌한 이미지로 형상화되어 있는 위 시에서도 비록 전면에 드러나지는 않지만 시간과 생명과 존재에 대한 성찰 한 자락 엿볼 수 있다. "양지바른 곳에서 새순이" 오는 소리는 생명의 움틈이고 새로운 시간의 시작점이기도 하지만 "빈 나뭇가지 끝에 걸린/ 구름 한 조각/ 푸른 세월을 엮는" 시간의 쇠락점이기도 한 것이다. 새 생명의 환희는 곧 지는 생명에 대한 성찰이기도 하다는 사실을 느낄 수 있다. 그러고 보면 우리

인생이나 자연생명은 늘 이중적인 것 같다. 환희나 기쁨이 생기면 곧 슬픔이나 눈물을 저버릴 수 없다. 빛과 꽃이 있으면 어둠과 그늘이 도사린다. 그래서 마냥 즐겁거나 마냥 우울한 것만이 삶은 아니다. 중요한 것은 삶을 직시하면서 흔들리지 않는 마음의 결이 아닐까.

바람이 떨어뜨리고 간 햇살 위로
은빛꽃잎이 머리를 쳐든다
넝쿨진 손을 거머쥐고 가을걷이 하는 다람쥐들
여름을 견뎌낸 양식을 걷어 올리며
젖은 땅을 헐어 곳간을 낸다
산등성이를 돌아 나가면
문득 가다서는 하늘이 더욱 푸르고
새 떼를 부르며 낙엽이 산허리에 눕는다
땅거미는 살며시 숲을 어루만지고
바람이 불 때마다
솔잎은 날쌘 팔을 흔들며 쏟아진다
땅거미는 살며시 대숲을 어루만지고
기억을 뒤척이는 낮은 마을이
안개 속에서 엎드린다
패랭이꽃이 보랏빛 꿈을 꾸는 동안
늦은 저녁이 걸어 내려간다

—「일모」 전문

차분히 산등성이 너머로 가라앉는 해처럼 자연은 우리에게 낮게 엎드리라 청한다. 시인은 해질녘의 고즈넉한 풍경을 바라보면서 천천히 젖어드는 듯하다. 자연에 젖어들고,

자연이 우리에게 남기는 메시지를 받아들이면 삶에 고통을 주는 요소들은 아주 작은 때먼지 밖에 되지 않음을 알 수 있다. “패랭이꽃이 보랏빛 꿈을 꾸는 동안/ 늦은 저녁이 걸어 내려”가는 이미지는 무엇을 전하는가. 모든 자연은 각자 저마다 세상을 빛내고 환하게 할 의무를 지닌다. 아니 의무가 아니라 제각각의 빛깔이다. 꽃은 아름다움을 피우고 저녁은 아침을 위해 선사하는 청록빛 그리움이다. 산그늘은 대낮의 풍요를 틔운 들녘과 나무들을 위해 포근히 감사는 시원한 바람 같은 것이다. 새 떼들은 제 집으로 날아가고 다람쥐는 분주히 먹이를 쟁여놓는다. 이 평화로운 세계는, 그러므로 드러나지 않은 천국일 뿐이다. 왜냐하면 어떻게 보느냐에 따라 달라질 수 있기 때문이다. 시인은 삿된 요소들을 뺀 나머지의 작은 것들이 화음을 이루는 풍경 속으로 걸어 들어가고자 한다. 이 세계는 실상 예술이 지향하는 세계다. 완전한 아름다움이 선사하는 지복의 세상을 꿈꾸는 시인의 이상이 해질녘의 풍경을 스케치하며 언뜻 내비친다.

길 가다가 꽃 한 송이 귀에 건다
어느새 꽃이 된 내 귀를 본다

길 가다가 꽃 한 송이 입에 문다
어느새 꽃이 된 내 입술을 본다

꽃이 귀가 되고 입술이 되는 길

봄 아지랑이가 엿보고 있다

꽃이 그 향기로 오고 있는 길
봄 매무새로 가만 마중하고 있다

-「꽃이 오다」 전문

김새록의 시에서 조용히 읊조리는 목소리는 시인의 목소리이기도 하지만, 자연과 함께 호흡하고 자연과 함께 순환하는 소박한 존재가 내는 소리이기도 하다. 자연을 탐하지 않고 오히려 자연이 주는 소식에 행복해하는 순수하고 맑은 마음의 표현이다. 「꽃이 오다」에서도 잘 드러나듯이 "꽃이 귀가 되고 입술이 되는 길"이란 바로 대상과 주체가 혼연일체가 되어 행복하게 뒹구는 세계의 지평인 것이다. 이런 의미에서 보면 자아와 세계의 동일시로 흔히 정의내리는 서정시의 면목을 김새록은 잘 보여준다 하겠다. 시는 자아의 내면을 대상에 투영해서, 투영된 현상을 다시 되비치는 언어형식이다. 봄소식에 대한 설렘과 기쁨을 꽃을 매개로 해서 반영하는 위 시에서도 이 같은 방식은 선연하다. 봄소식은 아무래도 꽃을 빼놓고 말할 수 없을 듯하다. 꽃은 봄을 알리는 전령이다. 겨우내 땅속에 영근 씨앗들이 새싹이 되어 움트고, 이 새싹이 나뭇가지에까지 밀어 올리는 기운의 결실이 열매고 꽃이다. 꽃이 봄을 세상에 선물한다. 꽃은 아름다움이고 대자연의 숨결이다. 따라서 꽃은 시에서도 자주 소재로 쓰인다. 꽃이 의미하는 바는 여러 가지다. 위 시에서는 시의 화자와 행복한 합일을 이루어 봄을 마중하는 매개가 된다. 따라서 꽃이 선사하는 화사한 감정은 바로 시인이 느끼는 감정과 동일하다고 볼 수 있는 것이다.

이번 시집에서 시인은 세상을 거부하거나 부정하지 않고 포근히 감싸는 포즈가 주된 정조로 되어 있다. 그 맥은 서정이되 겸손하고 차분한 목소리로 자연과 세상을 노래한다. 쉽고 소박한 언어는 독자들로 하여금 편안함과 안식을 안겨다준다. 시는 의미와 주제를 전달하기도 하지만 내적 분위기를 통해 독자들에게 은은한 감동마저 풍기는 맛이 있다. 김새록의 시는 위압적이고 현학적인 언어를 지양하는 대신, 바로 곁에서 소곤거리는 타인처럼 자신의 목소리를 낸다. 여기에서 우리는 이 세계가, 그리고 자연이 얼마나 소중한 공간인지 알게 된다. 때때로 몰아치는 광풍에 쉽게 꺾이거나 흔들리지만, 결국 우리 연약한 인간도 이 세계의 한 요소라는 사실을 깨달을 때 세계의 품이 얼마나 너르고 부드러운지 알게 될 것이다. 시는 이러한 깨달음과 아름다움의 존재를 형상화한다. 김새록의 시들이 지향하는 시적 방향도 이와 다르지 않다.